KB062132

미움의 힘

시작시인선 0219 미움의 힘

1판 1쇄 펴낸날 2016년 10월 24일
지은이 정낙추
펴낸이 이재무
책임편집 김연필
디자인 이영은
펴낸곳 (주)천년의시작
등록번호 제301-2012-033호
등록일자 2006년 1월 10일
주소 (04618) 서울시 중구 동호로27길 30, 413호(묵정동, 대학문화원)
전화 02-723-8668
팩스 02-723-8630
홈페이지 www.poempoem.com
이메일 poemsijak@hanmail.net

ⓒ정낙추, 2016, printed in Seoul, Korea

ISBN 978-89-6021-298-5 04810
      978-89-6021-069-1 04810(세트)

값 9,000원

*이 책의 국립중앙도서관 출판시도서목록(CIP)은 서지정보유통지원시스템 홈페이지(http://
 seoji.nl.go.kr)와 국가자료공동목록시스템(http://www.nl.go.kr/kolisnet)에서 이용
 하실 수 있습니다.(CIP 제어번호: CIP2016024606)
*이 책은 충청남도 (재)충남문화재단, 한국문화예술위원회에서 사업비 일부를 지원 받아 발
 간되었습니다.

미움의 힘

정낙추

천년의 시작

시인의 말

땅 파먹고 살아온 날들
사람대접을 못 받았어도 괜찮았다
땅은 나를 무시하지 않았으니까
사는 동안
세상을 향해 어느 만큼은 분노했고 사랑했다
이제 마감할 시간이다
공들여 땅에 글 씨앗을 뿌렸으나 결실이 시원찮다.
그래도 괜찮다
욕심을 더 부려서는 안 되리라
세상엔 내가 미안해야 할 사람들이 너무 많다

2016년 가을 태안에서
정낙추

차례

제1부

共生

큰 상처가 되지 않도록
조금씩 갉아먹었다

한 잎에서 누리는 안락함을 버리고
이 잎에서 저 잎으로
그늘진 잎을 위해
까마득히 높은 허공에 매달려
목숨을 건 곡예를 했다

바람이 불어도 나뭇잎은 그를 흔들지 않았다

나뭇잎의
동그란 상처 속으로
통과한 햇빛이
그늘의 여린 잎들을 살찌웠다

가을이다
고통을 나누고 흙 속으로 돌아간
그를 위해
상처 난 나뭇잎이 불평 없이 떨어져 수북이 덮어줬다

주름살

평생 당신이 경작한 밭입니다
당신이 갈아엎은
밭두둑은 햇빛입니다
밭고랑은 달빛입니다

달빛이 넘실대는 밭고랑에 고인 당신의 눈물을
아무도 닦아주는 이 없었습니다
햇빛 가득한 밭두둑이 그 눈물을 조용히 받아줬습니다
눈물이 고였다 마른 밭고랑은 점점 깊어지고
밭두둑은 점점 높아집니다
높아진 밭두둑은 햇볕에 검게 그을리고
깊어진 밭고랑은 달빛에 처연합니다

햇빛 속으로
달빛 속으로
당신은 이제 떠나갑니다
당신의 밭은 비로소 판판해집니다
그곳에서도 당신은
밭두둑에 씨앗을 심고
밭고랑에 눈물로 물을 댈는지요

생生을 배웅하다

아직도 눈물이 남아 있느냐고 바람이 묻는다
그렇다는 대답 대신 고개를 서쪽으로 돌린다
해가 저문 들판에서는
언 땅 풀리는 냄새가 풍기고
지난 겨울에도 꺾이지 않은 갈대가 비로소 허리를 접는다
하늘이 흐린 것은 눈물 탓
눈동자를 벗어나지 못한 메마른 눈물 한 방울을
망각의 강물에 던진다

사랑했던 날들이 있었던가
스러져가는 노을을 등에 업고 묻는다
미움을 키운 세월 앞에서 실어증에 걸린 젊은 날은
지나고 보니 별 거 아닌
미래에 대한 두려움 때문이었다고 고백하지만
이미 해는 기울었다

오늘은 멀리 달아나고
먼 기억은 거울처럼 선명하게 다가온다
무수한 농담과 진담 사이에서 헤매던 시절이 차라리 좋
았다

넘어져도 길을 만들 수 있었으니

길이 훤히 보이는 건
제 길만 다니는 산짐승처럼
정해진 길을 가야 한다는 통보다
그 길 끝자락에서 다시 돌아오지 못한다는
生의 계약서를 들춰보며
옆구리 한쪽 빈자리를 담담한 손길로 어루만지려 해도
마음이 먼저 휘청거린다

안부

모는 심었느냐고
감자 꽃이 피었느냐고
그렇게 물어야 한다

콩꼬투리가 잘 달렸다고
고구마는 굼벵이가 더러 맛 좀 봤다고
태풍에 벼가 쓰러졌어도
물난리 난 마을 생각하면 황송하다고
그렇게 대답해야 한다

어느새
건강은 어떠냐는
전화를 받는 나이가 됐다
슬프지는 않지만
벼이삭이
붉은 고추가
참깨 다발이 나를 멀리하는 것 같아
갑자기 해고당한 느낌이다

벚꽃놀이

할미꽃도 꽃
꼬부랑 안노인들
큰 맘 먹고 꽃구경 나선
관광버스 떠나자
마을이 한풀 죽었다

피는 둥 마는 둥
부스럼 같은 살구꽃 아래
서성이는 늙은 벌
온종일 구시렁댄다

제기랄,
눈 깜짝할 동안 폈다 지면서
요란 떨기는

동무

빨간 닭이 왔어요―
찹쌀에 마늘 듬뿍 넣고 고아 드시면
근력이 펄펄 납니다―

상자에 갇혀
단 한 번도 일어서지 못해 다리가 뒤틀린
땅을 파보지 못해 발톱이 갈고리가 된
알몸뚱이에 빨간 깃털 몇 개만 남은
매일 의무적으로 알 하나씩 낳다가 밑이 빠진
늙은 숫처녀

땅바닥에 주저앉은 빨간 닭이
경로당 노파들의
어깻죽지와 다리가 똑같이 굳은 걸 보고
안심되어 얼떨결에
알을 쑥 빠뜨린다

옴마나, 잡어먹지 말고 길러 알 받으야 쓰겄네―

뒤뚱뒤뚱 폐계 두 마리

개나리꽃 그늘로 사라진 봄날

경로당 앞뜰 봄풀이 한꺼번에 땅거죽을 들고 일어선다

나무에게 배운다

마늘을 심다 비에 쫓겨 들어와
생강차 한 잔으로 젖은 마음 말린다
무엇을 어쩌자고 이 늦은 계절까지
희망이란 약속을 심는가

비우지 못한 마음 비웃듯
창문으로 성큼 다가서는
길옆 은행나무
꼼짝 않고 비를 맞다가
젖은 옷 훌훌 벗어 던진다
나보다 나이가 적어도 저 나무는
자기 생에서 가장 가까운 인연들을
단호하게 끊음으로
아름드리나무가 되었을 거다

비 끝에 바람 일어
땅에 뒹굴던 잎
학교 파한 아이들과 어울려
우르르 나무 곁을 떠나고

쉬이 마르지 않는 마음에

겨울이 빠른우편으로 배달됐다

늙는 기쁨

시력이 약해지며
먼 곳의 소리를 듣게 됐고
가는귀를 먹으면서
세상이 넓게 보이기 시작했다

사소함을 버리니
말이 아껴진다

나무도 잎을 털면
겨울이 한결 조용하다

바람 소리가 들리지 않아도 바람 부는 쪽을 바라보는 것은
종점이 어디인지 아는 연륜의 특권이다

목련 꽃그늘 아래서

꽃잎 벙그는 신음에
불현듯 그대 생각합니다

내 마음 가득 황사 바람 불어
앞이 보이지 않던 그 봄날
그대
눈부시게 다가와
뽀얀 옥양목 치맛자락 올릴까 말까
목 타게 하더니
별도 달도 숨은 밤
아무런 약조 없이
한 잎 두 잎 옷을 벗어던지고 떠난 뒤부터
나는 젊은 베르테르의 편지를 읽지 않았습니다
먼 바다를 그리워하는 노래도 부르지 않았습니다
남루한 일상에 스스로 갇혀
지나가는 봄을 무심히 바라보다가
그대가 다시 찾아온 걸 보고
남의 일 같이 잠깐
스무 살
그 옛날을 생각해볼 뿐입니다

사랑니

질긴 삶을 씹다가 지친 어금니는
사랑이 밥 먹여주느냐고
사랑니를 탓한다

한때는 삶의 전부가 사랑으로 도금된 세월이 있었다
밥에 섞인 돌마저 사랑의 힘으로 아드득 깨물던 어금니가
하나씩 흔들리는 지금
사랑의 기준은
쓸모 있음과 없음으로 계산된다
사랑은 아무도 볼 수 없고
보이기 위해 사랑을 하지도 않는다
보이지 않는 곳에서 드러내지 않고
삶을 이끄는 것이 사랑이라고 믿으면서도
세월은 사랑을 맨 뒷자리로 밀친다

단 한 번
하얀 웃음을 보이지 못하고
음식을 씹는데 도움을 주지 못한
아픈 사랑을 뽑으면서
언제부터 있었는지 기억조차 아득한 사랑니가

짝이 없으면서도

씹히지 않는 삶을 씹으려 분주했던 외로움을

비로소 느낀다

벼꽃

지은 죄 없으면서
잎 뒤에 숨어
눈곱처럼 초라하게 피어나
하늘 점점 높아지고 바람 살랑대면
서로 꽃술 비비다 지는 꽃

세상에서 제일 귀한 꽃
떨어진 자리
만백성 먹여 살릴 벼이삭 달리더니
흙냄새 땀 냄새 이슬로 씻고
여물어갈 때
온 들판 가득 퍼지는
천 년을 맡아도 물리지 않을 구수한 냄새

아하, 이제야 알겠네
벼꽃은 숭늉 냄새를 남겨놓고
떨어지는 것을

울 밑에 선 봉숭아

봉숭아꽃 다 진다
닳고 닳은 손톱에라도 봉숭아 꽃물 들이겠다더니
은하수가 서쪽으로 기울도록
봉숭아꽃 심은 사람 돌아오지 않는다

죄가 있다면 땅 파먹는 죄밖에 더 있겠는가
가난이야 이 땅에 사는 농사꾼 내력
욕심 없이 살자 풀꽃으로 살자
천만 번 다짐했어도
쌓이는 빚더미에 허리 휘고
늘어나는 잔소리에 욕설이 보태지면
푸른 들판도 남편도 자식도 다 지겨웠을 게다

밤낮없이 대문 열어놓았다
어서 오너라
고맙지 않으냐
어미가 집 나가도 흉 안 되는
이 빌어먹을 세상이

남의 속도 모르고 잘 자란 벼포기 앞에서

손끝이 다 타도록 담배를 태우다가
아이들 학교 보낸 텅 빈 집
마루에 걸터앉아 혼자 술잔을 기울이다가
울 밑에 선 봉숭아 떨어진 꽃잎을 주우며
끝내 울음을 터트리는
삽 한 자루

농약

벌레가 잘 죽지 않는다

내성이 생겨서

벌레 대신

사람이 마신다

아직까지

사람에겐 약발이 잘 듣는다

훈계

아주 오래된
봉분을 허물고
흔적만 남은 관 뚜껑을 헤치니
비로소 사람살이가 보인다
썩어 거름이 된 몸뚱이가
나무뿌리를 불러들였다

네 몫 내 몫은
산 자들의 부질없는 몸부림
눈자위 깊게 꺼진 해골이
껄껄 웃는다

백지 위에 놓인
흙이 다 된 유골 앞에서
눈물 마른 늙은 딸이
끈을 놓지 않으려는 듯
가뭇한 시간을 더듬는다

반갑다는 듯
입 벌린 해골이

청명,

맑은 햇살에 한 번 더 웃는다

제2부

나무의 나이

나무가 늙어 스스로 생을 거두는 걸 딱 한 번 봤다
아무도 그 나무가 몇 살에 목숨을 거두었는지 모른다

초등학교에 들어가기 전부터
운동장에 버티고 섰던 아름드리 양버즘나무는
한 번의 벼락에 팔이 잘려나갔고
또 한 번의 벼락에 가슴을 반쯤 도려냈다
그래도 나무는 죽지 않고 무성히 잎을 피워
매미와 사람들을 불러들였다

마을의 노인이 죽을 때마다 바뀌는
나무의 나이를
초등학교 때는 나무의 둘레로
조금 자라서는 나무의 그늘로
사랑에 눈뜰 때는 누군가를 기다리는 시간으로 어림했다
나무는 거대한 일기책이었다
나이테마다 마을의 역사를 꼼꼼히 기록한
그 나무 아래에 모이면
옛 이야기가 살아나서 같이 웃기도 하고 언쟁도 했다

아무도 진짜 나이를 모르는 그 나무가
생을 거두는 순간은 장엄하지도 화젯거리가 되지 않았다
가을이 오기 전에 잎이 지기 시작하더니
봄이 와도 잎이 피지 않았을 뿐이다
그리고 톱에 잘려 어디론가 실려 나갔다
마을의 일기책이 사라졌어도
마을 사람 누구도 관심을 보이지 않았다

그 여자 전설이 됐네

그 여자
한나절 동안 불은 젖을 감싸며
논머리를 자꾸 쳐다보았네
저물녘 시아버지 등에 업혀온 어린것에
눈치 보지 않고 박통처럼 불은 젖을 물리는 여자
그 순간 들판의 푸른 바람 엎드려 경배하고
천지가 고요해졌네

못줄 한 번 넘기면 뒷걸음 두 발짝, 앞산은 멀어지고 뒷
산은 가깝네, 못줄 세 번 넘기면 굽은 허리 한 번 펴고, 이
놈의 봄날 해는 길기도 하구나,

흙 속에서 새끼를 키운 여자들
논둑에 돌아앉아 불은 젖을 짜냈네
텅 빈 젖무덤을 오월 바람이 쓰다듬었네
젖몸살을 참으며 땅에 쏟아낸
하얀 눈물
사내들은 몰랐네

그 여자 젖 쪼그라들었네

이제 논둑에서
새끼에게 젖 먹이던 여자를
불은 젖을 땅에 쏟아내던 여자를
아무도 기억하지 않네

미움의 힘

그래, 사랑하니까 흉보고 미워한다

더럭더럭 앓으면서 아프다고 하면 속 터지지나 않지 먹을
것 다 챙겨 먹다가도 딸네들 오면 괭이밥 먹듯 하고 골치를
싸맨다니까 툭하면 죽는 타령 하면서도 약이라면 환장하기
에 약 많이 먹으면 좋지 않다고 했더니 대뜸 보약 한 번 사
줘 봤느냐고 역정을 내더라니까 늙으면 애 된다고 하더니
꼭 미운 일곱 살이여 귀 어둡다고 해도 살짝 흉보는 귓속말
은 귀신같이 알아듣고 따지러 든다니까

야, 이 잡것들아! 늙으면 다 그렇게 되는 거야 너도 늙어
봐라 아마 그런 시어미 밑에서 보고 배워 더하면 더했지 덜
하지 않을라

흉 실컷 보고 욕 실컷 해라 그래야 근력 난다
온종일 팔랑팔랑 부채질하는 콩잎에
맞장구치며 신명 난 아낙들
입 따로 손 따로 놀려도 일머리는 봄꽃 지듯 빠르다
여름 해 막 기울어서야
호미질 멈추고 입 다문 채 콩밭에서 나오는 맑은 얼굴들

저녁놀이 살짝 베물었다 놓는다

그래, 흉보고 욕하는 것도 사랑이다

채송화 편지

어린것들이 뙤약볕 아래 쪼그리고 앉아
땅바닥에
종알종알 글씨를 쓰고 있다

엄마 돌아와요
보고 싶어요

한여름 내내 보채도
오지 않는 엄마
보다 못해 사촌 쇠비름도 거든다

못된 세월
나쁜 엄마

저문 사랑

사랑이 저물 때는
모두 지루한가
입이 째지도록 하품만 하는
이른 아침
나팔꽃처럼

사랑이 저물 때는
모두 매정한가
풀잎 끝에 달린 이슬방울 무겁고
이슬방울 터는 풀잎
칼날이고

그런 사랑 저물고 나면
다시 돋는 사랑 있을까
오래오래 먹어도 물리지 않는
밥 혹은 김치 같은
더는 바랠 수 없는
광목천 같은

가뭄

바닥이 드러난 저수지
아침을 토해낸 수련이 일제히 꽃 입을 연다
수련이 깐 푸른 담요 위에서
햇살에 난도질당한
얇은 물안개가 물방울이 되어
구를까 말까 궁리하는 사이
가부좌를 틀고 묵언 수행하던 개구리가
폴짝, 얕은 물속으로 뛰어든다

해가 발등의 이슬을 걷어갈 무렵
늙은 농부가 갈라진 논바닥을 바라보며
자기 생애처럼 구부러진 논두렁을 천천히 돌아
저수지 둑에서 우두커니 섰다 사라진 뒤
아침을 걷어 입에 넣고 오므린
수련 꽃잎이 더욱 붉다

물꼬싸움이 잦아지자
사람들이 집에서 나오지 않았다

모내기

푹푹 빠지는 무논에서 오늘도 오십 리는 족히 걸었다 다리는 천근만근 내 다리가 아니다 모두 떠나도 오기로 남아 내 살이고 뼈인 이 땅에 남아 해마다 모내기를 하겠다는 다짐도 이렇게 가는 줄 모르게 오월이 다 가도록 지친 몸뚱이 해 동무 삼아 들판에서 살다 보면 일 속에 파묻힌 내가 딱하다 온종일 귀머거리 이앙기의 똑같은 소리 반복되는 동작에 넌더리를 내다가도 줄 맞춰 내 뒤를 따라오는 파릇파릇한 어린 모를 보면 잠시 즐겁고 그때쯤 먼 산 뻐꾸기 뻐꾹뻐꾹 두어 소절 울어주면 아무리 바빠도 논둑에 걸터앉아 막걸릿잔을 든다 혼자 권하고 혼자 드는 술잔 우스갯소리 잘하던 고랑말 성님도 듣기 좋은 욕 잘하던 모탱이말 아지매도 구만리 먼 길 떠나시고 논둑마다 삘기꽃 쇠어 하얗게 솜털 날려도 구름 그림자 슬쩍 지나간 웅덩이 올챙이 떼 꼬물거려도 쫓는 아이 하나 없는 이 적막한 들판 한두 해 겪은 슬픔이더냐 한두 해 하고 그만둘 일이더냐 불끈 일어서서 푹푹 빠지는 무논을 걸어가면 끝이 없는 길을 가노라면 어느새 서쪽 하늘에 뜬 개밥바라기가 인제 그만 돌아가 쉬라며 길 안내한다

바느질

하늘 한 귀퉁이 자르고
숲 한 자락 오려
푸른 색실로 한 땀 한 땀
바느질한다

자주색 엉겅퀴
하얀 감자꽃
수를 놓은 五月 들판

온종일 무논에 엎드려
뜬 모 심는
노인네
푸른 비단 이불 꿰맨다

덮고 잘 수도 없는
저승길에 가져갈 수도 없는

단잠

사내가 간신히 눈꺼풀을 밀어 올린다
무거운 눈꺼풀 때문에
고개가 자꾸 앞으로 숙어진다
재빠르게 가위가 지나고
귓바퀴를 돌아 뒷목으로 가는 면도날
한줄기 서늘한 소나기다
화들짝 놀라 떴다가 느린 동작으로 감기는 눈꺼풀을
거울이 한 번 더 천천히 보여준다
검게 그을린 얼굴은 잘 구워낸 옹기다
졸음을 참느라고 삐져나온 눈물이
눈초리를 타고 흐르다가 마르고
동굴같이 벌린 입으로 몰아쉬는
고단한 숨
금방 숨넘어가는 것 같아 조마조마하다
맥주회사 달력 속의 벌거벗은 젊은 여자가 비웃든 말든
사내는 죽음보다 깊은 잠에 빠졌다
막 모내기철이 끝난
六月 초여름
개구리울음 까마득히 이어지는
읍내 변두리 이발소

잠 깰세라 조용히 신문을 뒤적거리던 주인이
막차 시간표를 보며 사내를 흔든다

六月에

꽃냄새도 아니고
풀냄새도 아닌
향긋한 바람
六月에 부는 바람은
연초록 빛깔

뒷산
떡갈나무 꽃수술 사이로
뻐꾸기는 또 목이 쉰다
진달래는 내년에도 다시 피련만

산 아래 외딴집 마당
하얀 빨래가 구름으로 걸려있고
함박꽃 지는 소리에
선잠 깨는 아기

그림자마저 감춘
六月 한나절
텅 빈 집 뜨락에
배달부가 놓고 간 엽서 한 장

풀빛으로 물들다

나왔다 여섯 전
—나무꾼 傳

　물, 나무, 양식이라는 말은 양식보다 땔감이 중허다는 말
인디유 사십여 년 전만 해두 밥 짓구 쇠죽 쑤느라 우리 동
네 구락쟁이*들이 시커멓게 벌린 아가리루 나뭇짐을 마구
먹어치우는 바람에 가방끈이 잘린 녀석들은 밥숟가락 놓으
면 이른 가을부터 늦은 봄까지 애기지게 등에 업구 산을 올
랐지유 봄이 되면 갈퀴루 솔껄**을 몇 번 긁어낸 산비알은
그야말루 맨 마당 같아서 녀석들 나뭇짐두 점점 까치집같이
줄어들었지유 어느 봄날이었대유 산에 긁을 솔껄은 읎구 아
지랭이가 노곤허여 요놈들 양지바른 산비알에 나란히 앉어
노닥거리다 보니 어느새 해가 중천으루 달음박질헌 줄 물렀
대유 그때 동네에서 짓궂기루 소문난 녀석이 내기를 허자
구 꼬셨답니다 용두질을 쳐서 제일 빨리 나오는 늠에게 솔
껄 나무 한 전씩 몰어주자구유 나무 전이 뭐냐면 솔껄을 긁
어 갈퀴루 채곡채곡 사방 석 자쯤 되게 다독거려 방석처럼
만드는 것인디유 솔껄여섯 전이면 한 바지게 나뭇짐이 됐거
든유 그래서 고만고만헌 어린 나무꾼 여섯 늠이 빙 둘러서
서 그 짓을 했는디유, 나왔다! 여섯 전! 허며 제일 먼저 소
리 지른 게 갈퀴노름 허자구 꼬신 늠이였대유 그 녀석만 나
뭇짐을 지구 나머지 늠들은 빈 지게루 줄레줄레 따라왔으니
밥을 굶었든지 혼구녕이 났을 테지유

50

세월이 흘러 나무 때던 구락쟁이가 연탄 아궁이루 기름 보일러루 바꿨는디 내기를 했던 또래 중에 가스 불루 지은 밥두 못 먹어보구 즌기밥솥 구경두 못허구 제일 먼저 상여 타구 산으루 간 사람이 나왔다 여섯 전! 이라네유 지금 우리 동네 산에는 솔껼이 케케루 쌓여 썩어서 땅 냄새를 못 맡은 솔씨가 싹을 틔우지 못해 안달허는 중이여유

● 구락쟁이: 아궁이의 태안 말.
●● 솔껼: 노랗게 물들어 떨어진 솔잎.

낫자루
─나무꾼 傳

    나무꾼 연장은 갈퀴와 낫이지유 지게는 나무꾼이 평생 업어주는 귀헌 상전이구유 숫돌에 쓱쓱 갈아 시퍼렇게 날 세운 낫으루 마른 억새나 갈참나무 잎을 마구 후려쳐 깎구 나서 대갈퀴루 득득 긁어 묶으면 나무 한 짐이 됐지유 나무가 귀헌 동네에서는 새벽밥을 먹구 십 리 산길을 걸어 아침 나무 즘심 나무 하루에 두 짐씩 나무를 했지유 노루 꼬랑지처럼 짧은 동짓달 해거름에 두 벌 나무 허려면 나무꾼들 오줌 누구 그것 털 새 읎이 서둘러야 했는디유 우리 동네에서 제일 근력 센 어떤 나무꾼이 나무를 허는디 낫질에 얼마나 열중했는지 억새와 갈참나무 잎을 다 깎구 보니 아, 글쎄 습베가 빠져 낫 날은 사라지구 낫자루만 손에 쥐구 있었대유 그러닝께 낫 날 읎는 낫자루로 억센 풀을 깎은 셈이지유 깎은 게 아니라 손으루 집어 뜯은 것이지유 손아귀 힘이 얼마나 세면 마른 풀줄기를 낫으루 깎은 것처럼 알뜰허게 뜯어냈을까유 그 후루 그 나무꾼 별명이 낫자루로 불렸는디 힘센 손아귀루 손찌검은커녕 말다툼 한 번 안 허구 착허게 살다가 산속에 누웠다는디 아마 그 옆에 선 나무들은 겁에 질려서 제대루 크지 뭇했을 거라구 하네유

노랭이 영감
―나무꾼 傳

   땅 읎는 농사꾼 설움보다 산 읎는 설움이 큰 시절이 있었지유 심심산골 동네는 나무 인심이 좋았지만 산판이 맷방석만큼 작은 동네에서는 사시사철 땔나무 걱정이 태산이었지유 자기 산이 있는 집들은 나무 누리 쌓아놓구 장마를 넘겼지만 작대기 하나 받칠 산 한 평 읎는 집들은 봄에는 물거리 여름에는 푸장나무*루 구락쟁이 채우구두 모자라 짚토매에 보릿짚까지 끌어다 겨우겨우 버렸지유

   우리 동네는 바다는 코앞이구 산은 십 리 밖이라 유난히 땔나무에 걸신들린 사람들이 많었지유 그 중에두 동네에서 제일 큰 산을 가진 집이 있었는디 밥 한 뎅이는 덜어줘두 나무 한 짐 덜기를 천금같이 여기는 그 집 영감탱이가 어찌나 산지기에 지독헌지 하루 한 날 산에 오르지 않는 날 읎구 자다가두 오밤중에 벌떡 일어나 도둑 나무꾼이 들었는지 산을 한 바퀴 도는 위인이었대유 몰래 나무 한 짐 허다 들키는 날이면 지게 작대기는 두 동강 나구 욕을 바지게루 먹는지라 마을 젊은이들이 영감을 골탕멕일려구 벼르구 별렀대유

   하루는 젊은이들 서너 명이 된똥 한 뎅이를 신문지에 둘둘 말아 싸들구 어정어정 영감네 산에 들어가 동서남북으루 흩어져서, 여기 나무 쌨다― 야, 여기 나무 숫바탕이다― 소리를 질러대 산지기 영감을 이리 쫓구 저리 쫓게 해놓구는

영감이 즘심으루 때우려구 싸온 다래끼 속 주먹밥과 똥뎅이를 슬쩍 바꿔 놨다네유 산등셍이에서 골째기루 골째기서 산비알루 즘심때가 지나도록 헉헉대며 이리 뛰구 저리 뛰던 영감탱이가 산판이 잠잠해지자 두 눈을 산에 처박아놓구 가쁜 숨 몰아쉬며 주먹밥을 한 입 베어 물다가는 퉤퉤 토악질을 허면서, 아무개 아들늠- 이 천하에 고얀 늠늘- 다리몽댕이 분지를 늠- 손모가지 꺾을 늠- 욕을 허며 소리를 질러대는디 그 목청이 얼마나 큰지 산이 두어 발쯤 뒤루 물러나구 단풍든 솔껄이 우수수 떨어져 영감 몸뗑이를 노랗게 덮었다네유 지금두 그 영감은 산속에 누워 산지기를 허는디 아무두 나무허러 가는 사람 읎으니 참 심심허겄시유

● 푸장나무: 풋으로 베어다 말린 떡갈나무 잎.

54

불법이 불났다
—나무꾼 傳

　산림채취는 불법! 이 물렁감 먹다가 이빨 부러지는 법두 법이라구 촌 동네 나무꾼들 설설 기던 때가 있었지유 심심 산골이야 맘 놓구 나무해다 밥두 짓구 쇠죽을 끓였지만 사람 왕래 번다헌 우리 동네는 달랐지유 산에서 나무허다 들키면 벌금 얼마 때리구 지서루 면사무소루 오라 가라 해대니 나무꾼들 산림감시원 눈을 피해 저물녘에야 나뭇짐 지구 숨 가쁘게 집으루 달려갔대유 그러니 나무꾼이 제일 무서운 건 구락쟁이가 아니라 산림감시원이었지유 하루는 어떤 아저씨가 해가 꼴깍 넘어간 걸 보구서야 나뭇짐 지구 솔모루 고개를 넘어오는디 고갯마루에서 버스를 기다리던 산림감시원과 딱 마주쳤답니다 못 본 체 지나가는디 그가 가로막구 수첩을 꺼내 주소 성명 대라구 허니 아저씨가 냅다 나무지게를 팽개치구 벙어리 시늉을 했다네유 그래두 산림 감시원이 물러서지 않구 불법! 불법! 외치니 아저씨두 나뭇짐에 냅다 불을 지르며 불법이 불났다! 외치면서 낫을 빼들구 망나니처럼 하늘하늘 날뛰닝께 치솟는 불길에 얼굴이 벌겋게 익은 그 인간이 똥줄이 빠지게 달어났대유 이 지랄 같은 산림법 덕택으루 나라에서 녹봉을 받어 처먹구 사는 작자들이 가욋돈을 쏠쏠히 챙긴 것은 말헐 것두 읎었다네유 이때가 언제냐면 제왕 같은 대통령이 농사꾼과 논둑에서 막

걸리를 마시며 새벽종이 울렸다 새 아침이 밝았다 노랫소
리루 해가 뜨구 해가 지던 시절이었시유 배짱 좋은 그 아저
씨 지금두 걸걸허신 말투루 그러시네유 생쌀 먹구 살라구
엠병 개지랄 떨던 저 새마을 깃발은 늙어 뒈지지두 않구 아
직두 펄럭거리네

● 구락쟁이: 아궁이의 태안 말.

제3부

동기간同氣間

　빚보증을 섰다

　독촉장이 날아오고 가구에 붉은 딱지가 붙으면서 가슴
속에 황사 바람이 불었지만 받을 가망이 없으므로 화도 나
지 않았다

　그가 집 없는 달팽이가 되어 이삿짐을 꾸리는데 불편한
광경을 피하려는 듯 이웃의 얼굴은 보이지 않았다 늙은 어
머니만 붉어진 눈자위를 닦으며 이젠 쓸모없는 농짝과 큰
항아리를 아까워했다 무표정한 트럭이 빠져나가고 낯선 사
람이 빈집을 둘러봤다

　그의 아내가 사랑했던 뜰 안 목련 꽃봉오리가 움찔했다

　조랑조랑 자식을 달고 어디론가 떠나 삶을 전전하던 그의
아내가 암을 선고받고 투병한다는 소식을 듣고 찾아갔다 쓰
러져가는 집 마당엔 눈이 쌓였고 비틀거린 발자국이 나 있
었다 마루에는 비늘이 말라비틀어진 생선 함지가 뒹굴었다

　목련꽃이 질 무렵 그의 아내는 죽었다

　울음이 가난한 장례를 치렀다

　그는 당장 내일이 무거웠고 자식들은 철이 없었다 늙은

어머니만 나오지 않는 눈물을 애써 짜내느라 몸부림쳤다 나는 끊었던 담배를 다시 피웠다

    이따금 찾아오는 외짝 사위가 돌아간 뒤 어머니는 방문을 닫고 오래도록 나오지 않는다

적막한 家長

사내가 목기를 닦는다
살아서 한 번도 차려줘본 적 없는
아내의 밥상을 공들여 차린다
주검을 만져본 손은 일찍 철이 드는지 아이들도 거든다
젊은 홀아비의 정성이 흡족해서인지
아이들이 대견해서인지
사진 속의 아내가 활짝 웃는다
살아생전 저토록 환하게 웃었던 기억이 나지 않는데
오늘 밤 멀고 먼 곳에서 달려와
식구들 만나는 기쁨에 들떠 저리 웃는 것일 게다

한 번 절할 때는 사랑한다고 해라
두 번 절할 때는 잊지 않겠다고 해라
자신한테 하고 싶은 다짐을 아이들에게 시킨다

혼자 돌아갈 먼 길 취하면 안 된다며
술잔을 빼앗아 마시고 또 마시는 밤
제사상 머리에서 잠든 아이들 얼굴을 쓰다듬으며
사내는 질끈 눈을 감는다
잊힐까 서럽고 잊히지 않을까 두렵다

이젠 어서 떠나라고 사진을 엎으며

창문을 여는 사내

고층 아파트 창문에서 새어 나오는 불빛에 들킬까

재빠르게 눈물을 훔친다

낯선 집에서 서성이다

새로 지은 집에 들어선다
집이 주인 행세하고 나는 손님 노릇을 한다
방 안을 채우고 남은 환한 불빛이 창문 밖으로 넘쳐
콩꼬투리 수수이삭 잠 못 들게 하는 집
직선과 직각으로 된 방안에서
나는 의식 개조 고문을 당한다
흙 묻은 발로 들어오지 말 것
농사꾼티를 내지 말 것

식구들이 바뀌었다
부모와 아내와 아이들이 낯설다
새로 지은 이 집과 금방 어울린 그들은
나와 아무 상관없는 게 분명하다
몇 개의 문을 열어야 들어가는 집
몇 개의 문을 닫고 나오는 집
밤엔 집과 한통속이 된 여자가 옆에 눕는다

삽 한 자루 세울 추녀도
걸터앉을 마루도 없는
문을 닫으면 빗소리 바람소리마저 들리지 않는

문마다 자물쇠가 달린
붉은 벽돌집
감옥처럼 닫힌 공간이 두려워
오늘도 손님이 되어 집 밖을 맴돈다

달마다 여관비로 은행이 이자 돈을 요구하는 이 집과
나는 몇 달째 불화 중이다

짐

　별을 벗 삼아 집에 들어서니 나보다 한 뼘 더 큰 아들 녀석이 하숙비를 가지러 왔다 철이 들어서 그런지 시험을 앞둬서 그런지 몰골이 수척하다 세상에서 제일 무거운 짐은 팔다리를 움직여 하루를 살아 넘기는 노동이라 믿는 내 생각이 잠시 바뀐다 도대체 공부란 게 얼마나 힘겨우면 한창 크는 녀석의 어깨가 저리 축 늘어졌을까 평생 지게질을 한 내 어깨로도 못 질 만큼 그놈의 공부란 게 무거운가보다 녀석과 서먹하게 눈을 맞춘다 가을걷이에 후줄근한 내 모습이 제 딴에는 안됐을 터이고 나는 끝없는 경쟁시대에 내몰려 사육되는 녀석이 안 됐다 손님처럼 저녁상을 물리고 녀석은 주섬주섬 가방을 싼다 한 시간이 아깝다고 말하지만 자신이 놀고먹는 존재 같아서 일게다 됐다고 됐다고 하면서도 몇 푼 용돈을 받아들고 막차를 타는 덩치만 커다랗고 정신은 허약한 예비 지식 노동자를 보내고 나는 혼자 소주잔을 기울인다 자식이 큰다는 것은 부모 곁에서 자꾸 멀어지는 것 내가 아버지에게서 멀어지듯 녀석도 내게서 멀어져간다 허전한 마음에 가끔 치매 증세를 보이는 아버지 방으로 건너가 젊은 날 내게 가혹한 짐을 지워주지 않으신 고마운 아버지를 물끄러미 바라본다 소태같이 쓴 세월도 이기지 못한 깊은 강물처럼 잔잔한 얼굴 기쁨도 슬픔도 다 초월한 저 아

버지의 얼굴을 닮으려면 나는 얼마큼 세월을 더 삭혀야 하
고 그때쯤 녀석은 어떤 생각을 할까

엘리자를 위하여

우리 집 근처 밭 가운데 조립식 건물 피아노 학원이 있다 아이들 조잘대며 콩, 팥, 녹두밭 사이 작은 길 따라 곡식 하나 건드리지 않고 예쁘게 학원으로 들어가 피아노를 친다 고사리 손가락으로 음音을 조립시키는 나른한 오후 같은 곡조가 반복되어 콩 이파리 부르르 넌더리치고 딸애도 지쳐 돌아왔다 엘리자를 얼마나 위해주고 왔니? 피곤한 이 아버지도 위로해주렴 짐짓 장난을 걸어도 딸애의 입은 오므린 나팔꽃이다 왜 꼭 엘리자냐? 순자나 영자를 위하여는 없니? 그런 건 없어요 그제야 활짝 피는 딸애의 입 하긴 요즘 세상에 순자나 영자라고 딸 이름을 짓는 어미 아비는 없겠지 그러나 애야 그 이름들은 한 시대를 풍미했었단다 숨 막힌 세상 모두 눈치만 보고 숨죽여 소곤대던 시대에 권력을 등에 업고 턱 하니 턱 쳐들고 설쳐대던 굉장한 이름이었단다 시대는 가고 사랑보다 빨리 잊는 게 미움이기 때문에 이제 기억에서 점점 잊혀가는 이름이지만…… 그래도 난 그런 촌스런 이름은 싫어요 딸애는 말을 끊으며 토끼처럼 깡충 방으로 뛰어들어가 피아노를 두들긴다 무식한 내 귀를 틔우려는 듯 또 엘리자를 위한다

젠장, 이놈의 봄

어쩌다 손 다쳐 아무 일도 못 한다
흙을 닮은 두텁고 미련한 손
맨날 지청구했는데
내 손 귀한 줄 이제 알겠다
할 일 첩첩 쌓여도 일손 놓고
나날이 젊어지는 먼 산
심란하게 바라본다

먹자고 하는 놈과
하자고 하는 놈은
못 말린다고 하더니
오는 봄도 못 막겠다

봄바람에 홀려 들로 나간 할매들
아지랑이가 다 잡아가고
탕탕탕 두엄 실은 경운기 소리에
화들짝 놀란 밭둑 개나리 느닷없이 핀다
아픈 손 부여잡고 종종걸음쳐도
내 사정 몰라주고
부득부득 오는 봄

시시한 남자

우리 집 여자는 시 字가 들은 말은 다 싫어한다
詩도 싫어하고
시금치도 안 먹고
시내버스 타는 것도 싫어하고
시어머니도 싫어하고
시계도 차지 않는다.

그래서 나는 詩에 홀려 닥치는 대로 읽던 시절이나 시를
쓰는 시늉을 하는 지금이나 사람들 몰래 시와 가깝게 지낸
다 그러다가 울림이 큰 쉬운 시를 만나면 큰소리로 읽는다
그래도 우리 집 여자는 무덤덤하다 그런 날은 따돌림당해도
좋다 들판으로 나가서 중얼거리면 내 평생 벗인 곡식들이
푸른 손을 마구 흔들기 때문이다

어머니의 가을

　신명 나지 않는 가을마당 어머니는 비닐포장을 깔고 빈 맥주병으로 팥꼬투리를 두들긴다 두들길 적마다 튀는 붉은 핏방울 그냥 두셔요 저절로 튈 때까지 어머니는 대꾸도 없이 팥꼬투리와 원수진 것처럼 힘차게 두들긴다 그때마다 처녀들 젖꼭지 같은 팥 알갱이가 하얀 팥깍지 밑으로 숨는다 어머니는 키질을 시작했다 부서진 팥깍지가 팔랑대며 날아간다 노상 골골거리는 노인네가 가을만 되면 솟는 저 힘은 어디서 오는 걸까 풍년이 들어도 모두 울상인데 느는 것은 욕설뿐인데 울타리 쭈그러진 조롱박 같은 어머니 얼굴은 웃음이 가득하다 입을 오지게 오므리며 테 맨 옹동이에 팥을 담던 어머니는 잠시 누런 들판을 바라보며 넉넉한 눈길로 말씀하셨다 큰애야 서둘러 바심해서 올해도 팥고물 얹은 무시루떡을 쪄 천신薦新하고 이웃에 돌리자꾸나

　어느새 번진 붉은 팥 같은 노을, 가을이 한창이었다

일기예보

내일 저녁때 큰바람 불겠다
골머리 패는 걸 보니
어머니가 바람머리를 흔드신다
그때마다 머리에 부쩍 늘어난
흰 실밥이 나부낀다

사나흘 안으로 날 궂겠다
삭신이 쑤시는 걸 보니
어머니는 삭정이 같은 팔을 뚝뚝 꺾으신다
젊어 사정없이 부려먹고 남은
깡마른 육신으로 전해오는 정확한
저, 예감

인간사 무심하면서
하늘과 은밀히 내통하는
어머니가 무섭다

비름

쇠비름은 잘 뽑히지만
쉽게 말라죽지 않는다

참비름은 잘 뽑히지 않지만
쉽게 말라죽는다

만물은 공평한데 사람 짓만 공평치 않구나

참비름 쇠비름이 사는 내력을
훤히 꿰뚫고 있는
아버지
호미 들고 공평하지 않은 세상으로 나간다

어머니는 아직도 生産을 하신다

노인네가 부지런 떨어
내 일자리
내 꿀 다 뺏는다고
호박벌 끔찍이 욕할 거다

매일 새벽
노련한 솜씨로
수꽃 따서 암꽃에 접붙이는
팔순 넘은 어머니

이골 난 뚜쟁이
무면허 인공수정사 어머니가
새벽 품삯으로
낙태시킨 애호박 하나 들고 와
지지고 볶은 아침상
식구들은 즐겁다

이빨論

잇몸이 무른 아버지 이는
젊어서부터 솟쳐 빠지기 시작했다
그래서인지 아버지는 세상을 향해 이빨을 갈지 않았다
무 뽑듯 손수 이를 쑥 뽑는 아버지
어머니는 경악했다
세상을 향해 자주 이빨을 가는 어머니 이는
단단한 잇몸에 깊게 박힌 차돌이다
예전엔 치통을 가라앉히느라 돌팔이 금니쟁이가
오줌찌끼 묻힌 솜을 불에 구워 지진 적이 있었는데
이빨이 바스러져도 잇몸은 고통을 놓아주지 않았다
치통을 견디지 못해 돈을 들여
이를 뽑는 어머니를 두고
아버지는 참을성이 없다며 경멸했고
이 아픈 심정을 몰라주는 아버지를 향해
어머니는 이빨을 갈았다
집착을 버린 이빨과 소유욕이 강한 이빨의 불화를
잠재운 것은 세월이다
하나 둘 이빨 다 빠져
태어날 때처럼 잇몸만 남았다고
씹어야 할 삶마저 사라진 건 아니다

아버지와 어머니가 요령 있게 질긴 삶을 씹는 걸 보면서

나도 어느새

흔들리는 이빨의 안부를 묻는다

눈물을 빼앗겼다

어린 시절엔 눈물이 참 많았다

무더기로 지는 꽃잎에도 혼자 뒹구는 낙엽에도 스러지는 노을에도 시집가는 누님의 뒤꽁무니에서도 등 굽은 아버지의 지게질에도 장에 간 어머니를 기다리면서도 송아지를 팔 때도

눈물을 뺏어간 건 주검이다

서른 즈음에 처음 염습殮襲을 해봤다

사람에게 죽음이라는 명칭이 붙으니 무서웠다

귀는 이승의 이야기를 더 들으려는 듯 뒤로 젖혀졌고

코는 마지막 숨을 들이쉬느라 들쳐졌고

입은 하고 싶은 이야기가 많은 듯 크게 벌어져 있었다

生을 지탱하려다 멈춘

마지막 얼굴을 보니

무서움이 사라지고 생각은 많아졌다

눈물을 만들던 마음이 무덤덤하다

봄날이 덧없이 가도 가을이 저물어도 마을의 등불이 전부 꺼져도 초상집에서도 손가락이 잘라졌을 때도 빚으로 집문서를 넘길 때도 누님의 우울증 소식에도 아버지 제사가 돌아와도

시간이 나를

밤낮으로 시간이 나를 감시하고 있다
늦게 가면 빨리 가라고
재촉까지 한다

넓고 넓은 은하계
작은 지구에
겨우겨우 매달린 조그만 나라
서쪽 끝에서 끝
눈곱만 한 동네에
질경이처럼 납작 엎드려 사는 내가
지구 밖으로 떨어져
깊고 어두운 구멍 속으로 빨려 들어갈까
나는 지금 몹시 불안하다

너는 진짜 농사꾼이냐, 땅을 묵히지 않았느냐, 남이 농사를 망쳐 득을 보지 않았느냐, 곡식 키울 땅을 투전판으로 여기지 않았느냐, 농사를 팽개칠 궁리만 하지 않았느냐, 농사꾼이라고 당당히 말한 적이 있느냐, 생각하니 지은 죄는 크고,

자서전

전쟁 통에 태어났다고 한다
전쟁 통에 사람이 많이 죽었으니
죽은 숫자만큼 사람을 많이 만들어야 했으리라
어느 가난한 농사꾼의 고단한 한 방울의 씨앗이
하염없이 아기집을 찾아들었을 때
그의 자서전 첫 문장은 시작되었다
힘들게 문을 왜 열고 나왔는지
이 비루하고 복잡한 세상을 접한 첫 느낌은 어땠는지
그는 아직도 모른다

살기 위해 먹는 것인지
먹기 위해 사는 것인지
왜 사는 것인지
생각할 틈도 없이 그는 지금도 전쟁 중이다
전쟁 통에 태어난 그의 피 속엔 싸움의 유전자가 흘러
악착같이 살아남은 종자가 되었다

일상은 반복한다
그러므로 기쁨도 슬픔도 분노도 표절이다
자서전의 페이지는 늘어나지만 내용은 진부하다

겉장이 낡은 자서전은 모두 비슷하여

쓰기만 할 뿐

아무도 읽지 않는다

제4부

시를 놓친 여자

시를 잡으러 왔다고 했다
해 지는 서해에 오면
시가 흔할 것 같다며
멀리서 온 그녀는 항구가 내려다뵈는 모텔에 짐을 풀었다
하늘과 바다를 붉게 칠갑한 노을이 커다란 창문으로 들
어왔다
그녀는 탄성을 지르며 시가 익기를 기다렸다
밤이 되자 멀리 방파제 가로등 불빛 아래
사람들이 분주했다
아름다운 항구의 밤 풍경을 망친 사람들이
사라지길 기다리다 지친
그녀가 잠든 사이
밤을 새워
그물을 추리는 아낙들이 대신 시를 썼다

분꽃 필 무렵

논둑머리 끝 집 지날 때면 생각난다
까맣게 그을린 엄마 얼굴 하얗게 분칠해준다며
철부지 외아들이 분꽃을 심었다고
자랑하던 형수

분꽃 한창 필 무렵
그 아들 방죽에서 영영 돌아오지 않은 뒤부터
방 안에 틀어박혀
벼포기가 새끼 쳐도 나하고는 상관없다
콩꼬투리 매달려도 나하고는 상관없다
까맣게 탄 얼굴 분단장에 정신 팔려
한여름 다 보내고
분꽃 씨 여물 무렵
소슬바람 되어 사라지더니
미쳤다는 소문에 문짝 하나 덜렁
죽었다는 풍문에 담장이 와르르
술병 난 형마저 구름 되어 떠난
논둑 머리 빈집 지날 때면 귀가 쟁쟁하다

장독대 깨진 항아리 곁에

올여름도 만발한 분꽃

진분홍 꽃 입술 달싹이며

엄마 얼굴 쌀떡같이 하얗게 분칠해줄게요

까만 얼굴 밀떡같이 하얗게 분칠해줄게요

수국水菊

하늘 조금씩 조각나
나비 되었다

하나 둘 소복소복 모이더니
잎 속에 숨어
맑은 날은 하늘빛 꽃이 되고
흐린 날은 우윳빛 꽃이 되고
무더운 여름 다 지날 무렵
어설픈 사랑
이별을 흉내라도 내고 싶은 듯
노을빛도 되고
가을밤 하얀 달빛도 되더니

하나둘 떨어져 하늘로
날아갔다

시퍼런 고집

꽝꽝 언 땅에서도
죽지 않고 퍼렇더니
펄펄 끓는 물에 데쳐져서는
더욱 시퍼렇네

살아서도
죽어서도
변치 않는 시금치 한 접시

내 심장에 푸른 피 수혈하네
내 정신에 맑은 기운 퍼지네

지게

평생 상전으로 받들었다

빼앗긴 강토에 서릿발 서던 날
울분을 삭이며 져다 준 공출 벼
한 섬 대신
눈물이 범벅된 콩깻묵 두어 말 덜렁 짊어지고
작대기 장단에 시름가를 부르며
돌아오던 십리 길
초승달도 그림자도 덩달아 비틀댔다

노총각 말총머리같이
총총 땋아 내린 밀삐 사이
머슴살이 설움으로 엮어진 등태
짊어진 가난은 어디에도 부릴 곳이 없었다

나뭇짐 태질하고
가쁜 숨 내쉬며
막걸리 한 사발 단숨에 들이키던
젊은 날은 티끌처럼 사라지고
이 나라 역사를 군말 없이 업어 넘긴

농투성이와 함께 쫓겨난

지게

허름한 추녀 아래 떨고 있다

손주 새끼

무자식 상팔자라드니 그 말 하나두 안 틀린다닝께 부정을 탔는지 부도가 났는지 등골 빼서 공부시키구 논밭 뙈기 팔어서 살림 채려줬더니 제 밑구녕으루 내지른 새끼 하나 건사허지 뭇허구 도망간 아들늠이나 메늘년이나 다 웬수 덩어리여 다섯 살 먹었어두 지지배가 영악해서 내 발뒤꿈치 따라댕기며 요것 저것 물을 때는 이쁘다가두 차 한 대만 지나가면 멀거니 쳐다보는 꼴은 콧마루가 시큰해서 차마 볼 수 읎다닝께 할아베허구 좀 놀라구 해두 에미 애비 욕만 허는 할아베를 애가 좋아 허겄남 어제는 고추 따는디 따라와선 할머니는 고추가 좋으냐구 쫑알대기에 그랴- 해뻔졌더니 추석 때 즤 에미 애비가 오면 고추 달린 동생을 낳으라구 헌대나 어쩐대나 보챌 적마다 추석엔 에미 아비가 데리러 온다구 둘러댔더니 철석같이 믿구설랑 손꾸락을 꼽었다 폈다 허면서 추석이 멫 밤 남었느냐구 물을 때는 가슴이 덜컥 내려 앉는다닝께 내 몸뗑이 하나 갱신히 추스르는 늙마에 무슨 복이 이렇게 많은지 아이구 내 팔자야 넘의 숙 터지는 줄두 물르구 하늘은 자꾸 높어지구 추석은 낼 모리 다가오는 디 이 웬수들이 올라나 말라나

못밥을 먹어봤나요

아침 거르고 나온
모내기 품앗이
허기를 쌈 싸 점심 못밥 가첨加添대고
오뉴월 긴긴 해 동무 삼아
꼬부린 허리 뒷걸음질로
모를 심을 때
끝내 삭히지 못하고 목젖까지 넘어오던
배곯은 설움
참다못해 보리밭 고랑에 쭈그리고 앉아
괴춤 내리고 바라보던 노란 하늘
배고픈 놈보다 배부른 놈이
얼마나 큰 욕인지 이제 알겠느냐는 듯
막 팬 보리 이삭은 바람결에 살랑살랑
꾀똥 눈다고, 꾀똥 누지 말라고
품앗이꾼 지청구 아득한 가운데
더도 말고 덜도 말고 대추 씨만큼만 빠져주십사
제발 대추씨만큼만 빠져주십사
눈알이 튀어나오도록 미주알이 빠지도록
힘줘도 나오지 않던
배고프든 옛 시절의
배부른 욕 한 덩이

잠깐

소나기 잰걸음으로 왔다 간다
막 핀 벼꽃들 지고
빗방울 터는 살찐 콩잎
조랑조랑 매달린 꼬투리 보여줬다 숨긴다

가을 소나기 말 잔등도 피한다더니

들판 가운데 할머니 혼자 사는
외딴집 마당
빨랫줄에 걸린 누런 속곳을 건너뛰고
소나기 후다닥 지나간 하늘이
아닌 보살처럼
깊고 푸른
처서處暑
한나절

대갈장군

그 사내, 조실부모하고 눈칫밥 먹기 싫어 철들자마자 배를 탔네 동해에서 서해까지 항구란 항구 다 드나들며 큰 배 작은 배 가리지 않고 배를 탔네 뱃놈, 뱃놈 하대해도 뱃놈이 좋더라고 강원도 속초에서 오징어배 타며 동해 일출을 얼싸안아보고 부산 마산 멸치배 그물에 청춘을 둘둘 말아 던졌네 항구마다 하룻밤 쌓고 허문 정분에 빈털터리가 되어도 천하태평이었네 철따라 이 배 저 배 갈아타다가 목포항 군산항을 거쳐서 나이 마흔 훌쩍 넘어 고향 땅 안흥 항구에 닻 박았네

인생이 별거냐고 들고나는 물길 따라 흐르다 보면 살 구멍이 생긴다고 큰소리치던 그 사내, 드디어 짝을 만났네 항구의 선술집 여자랑 눈 맞추고 배 맞춰 늘둥이 두고서야 충청도 괴산 땅 처가를 찾았네 일찍이 가출해 죽었다고 믿은 딸년이 시커먼 뱃놈 서방 달고 오자 심심산골 처가 동네 사람들 입이 쩍 벌어졌네

그 사내, 어려서부터 유난히 머리통이 컸네 족대왈도적足大曰盜賊이요 두대왈장군頭大曰將軍이라 자연스레 대갈장군 감투를 썼네 처가 동네 사람들 대갈장군 머리통을 앞뒤

로 쳐다보고 이구동성 말했네 과연 장군이로세! 대갈장군,
그 말 얼른 받아 이죽거렸네 그 물건도 크답니다요

　늦게 살림 냄새 맡은 대갈장군 주낙에 통발에 사시사철
배 띄워 한 푼 두 푼 모아서 선주가 되었네 뱃고사를 지내고
만선기 휘날리며 바다로 나아갈 때 누군가 말했네 저, 대갈
장군 좀 보소 수군통제사水軍統制使가 따로 없구려

　그 사내, 부지런 떨었지만 배 벌이가 시원찮았네 큰 배들
이 그물로 고기 종자 말리니 작은 배는 허탕이 일쑤였네 울
화 난 대갈장군 술만 늘었네 장군답게 소주를 막사발로 들
이켜고 얼큰하면 바다에게 고래고래 호령했네 호호탕탕 바
다야, 너마저도 인간 차별하느냐 큰 배 가진 놈이나 작은
배 타는 놈이나 먹고사는 목구멍은 똑같단다 대갈장군 끝내
빚으로 배 빼앗겼네

　대갈장군 남은 건 술로 곯은 육신뿐이었네 욕쟁이 마누
라와 속 썩이는 자식들뿐이었네 바다는 청춘시절 그대로인
데 머리엔 허옇게 서릿발 내렸네 예전처럼 배를 타고 싶었
지만 아무도 불러주지 않았네 대갈장군 병든 몸으로 매일같

이 바다를 바라보며 하루해를 넘겼네

　그 사내, 보름사리 달 밝은 밤 아무도 몰래 휘적휘적 바다로 걸어갔네 어화둥둥 바다가 상여되어 대갈장군 편안히 모셨네 대갈장군 드디어 소원 풀었네 서해에서 동해로 돌고 도는 물결에 몸을 맡겼네 대갈장군 웃는 얼굴로 너울 타고 먼먼 바다로 나갔네

말뚝네

　괄괄한 성깔에 일 욕심은 태산이요 오지랖은 망망대해라 초상집에선 눈물바가지요 잔칫집에선 양념단지 노릇하는 말뚝네가 있었는디

　맞선 본 자리에서 길쭉한 얼굴 삐드렁니 덕에 퇴짜를 맞았것다 총각이 단박에 맘에 들어 상사병 난 말뚝네 중매쟁이 앞세워 총각 집에 쳐들어가서는 얼굴만 흰─하게 잘생겼으면 장땡이냐 남의 숫처녀 얼굴 짯짯이 보고 퇴짜 놓는 법이 세상천지 어딨냐고 억지를 부렸것다 다짜고짜 돼지 울말뚝 박는 총각 도끼 뺏어 탕탕 말뚝을 박으니 저런 물건은 금덩이를 물고와도 싫다던 총각이 책임지라 달라붙는 처녀를 내치지 못하고는

　어찌어찌 처녀총각 한 이불을 덮으니 솟는 건 정분이라 우거지상 총각 입이 바지게처럼 벌어졌더라 싫다던 떡이 맛있다고 밤낮으로 치맛자락 매달리는 총각을 말뚝네, 냅다 밀어닥치며 일갈했겄다 똥구멍 째지게 가난한 살림살이 밤일만 잘해서야 뭐에 쓰겠냐며 꿀단지 뚜껑을 꼭 닫고 머슴살이 보낸 뒤 부지런을 떠는디 낮엔 들일이요 밤엔 길쌈이라 품팔이 나서는 발뒤꿈치 가볍기가 가을날 가랑잎 구르

듯하더라

천 석지기는 하늘이 내고 백 석지기는 지악이 만든다고
석삼년이 안 되어 논밭 닷 마지기 장만한 말뚝네 총각을 불
러들였겠다 해마다 땅이 땅 새끼 치니 가을엔 오근자근 볏
섬 쌓는 재미요 엄동엔 정분 쌓는 재미라 느는 것은 땅이요
자식 농사는 풍년이라 무 뽑듯 아들딸 쑥쑥 오남매를 낳으
니 종자 좋고 밭 좋아 흙투성이로 뒹굴려도 땅세 하나 안 주
고 내리 족족 잘 키웠것다 말뚝네 밭둑에서 팅팅 불은 젖 내
놓고 어린것 젖 먹일 때 젖 나는 소리가 콸콸 냇물소리 같
았더라

밥 먹고 살 만해도 밥티 하나 버리기를 죄짓듯이 볏낟 하
나 줍기를 자식 품듯 하는 말뚝네, 예순 넘어 술에 밥에 돼
지 잡아 동네사람 불러놓고 자식들 앞에서 혼례를 치르는디
오이처럼 긴 얼굴에 연지곤지 찍어대고 수줍은 듯 내숭떠는
꼴이 참으로 가관이라 구경꾼들 웃음보를 터트리니 말뚝네
맞절하다 말고, ─고만들 웃구 내 말 좀 들어봐유 인물가난
으루 설움 받던 이 말뚝네가 영감보다 잘생긴 새끼들을 낳
었시유 이렇게 재주 좋은 나를 츠녀 시절에 저 영감이 싫다

며 몹쓸 물건 취급해서 맘고생 슳허게 했시유 친정에서는 미친년이라구 내쫓구 갈 디는 읎구 이빨을 악물구 살다 보닝께 이렇게 좋은 날두 있구만유

입심 좋은 말뚝네, 제 흥에 겨워 밑도 끝도 없이 한바탕 넋두리를 해대니 사모관대 차려입은 순둥이 늙은 신랑 참다 못해, -자식은 저 혼자 맹글었남 얼릉 절허구 오늘은 지발 얌전히 각시 노릇이나 좀 허여

동네사람 실컷 웃고 실컷 먹고 돌아가며 다들 한 마디씩 말부조를 했다더라, -저 말뚝이 보통 말뚝이간디 츠녀 몸으루 총각 집에 억지루 말뚝 박은 질기구두 단단헌 참냥구 말뚝이여

바다를 굳히다

햇빛에 희붉게 바랜
우뭇가사리
한물간 항구 여자의 머리카락 같다

과거를 지우기 위해
끓는 물에 던져도
과거를 지우지 못하는
저, 눈물

눈물이 굳으면 저리될까
한 접시 우무 속에
말랑말랑한 바다가 흔들린다

건강을 팝니다

일 층에는 건강원이
이 층에는 보험사가
지하에는 스포츠댄스 교습소가 있다
교통사고를 당했던 남자가 이 층으로 올라가고
개를 잡아서 이고 온 여자는 일 층으로 들어갔다
건강원 주인은 십전대보탕과 개소주의 궁합을 설명하며
늙은 호박과 오가피와 헛개나무를 뒤적거렸다
건강했던 과거로 돌려보내줄게요
중탕기가 칙칙폭폭 김을 뿜어댔다
여자가 과거의 젊음을 되찾는 묘약을 달이는 동안
보험 직원은 평생 불구와 죽음을 전자계산기로 두드리며
미래를 완벽하게 설계했다
죽더라도 가족을 생각해야지요
남자가 죽음을 담보로 미래를 계약하는 동안
지하 댄스 교습소에서는
흘러간 옛 노래가 은은하게 울려 퍼졌다.
불안한 미래를 걷어낸 남자가 지하로 내려가
텅 빈 스포츠댄스 교습소 안을 들여다보았다
건강을 챙기는 운동이라니까요
개소주를 내린 여자가 남자의 등짝을 떠밀었다

잠시 후 쿵작쿵작 활기찬 박자가 크게 울려 퍼졌다

건강원과 보험사와 댄스 교습소가 작당하여
건강을 파는 음흉한 건물에
세찬 장맛비도 아랑곳하지 않고 사람들이 들락날락했다

분재광 盆栽狂

멀쩡한 사지四肢를
비틀어서 옭아매놓고
비명 속에 피어나는 생명을
사랑한다는 그는

고문 기술자다

그 여린 생명을
컴컴한 방 안에 가두어놓고
모양과 의식이 바뀔 때까지
기다리는 그는

허리 병

도진 허리 병에 꼼짝없이 누워
몇 날을 보낸다
병을 얻으면 마음이 약해지는지
지난날이 자꾸 돌아다 보인다
일 년이면 몇 번씩 도지는
이 고질병
나 혼자 앓다가 세상에서 사라지면 그뿐이지만
이 땅의 허리 병은
누가 고치나
반세기 넘도록 쇠말뚝에 철조망에 신음하는
조국의 허리
남과 북의 사람들
굳은 마음
풀릴 기미 쉬 보이지 않고
날짐승 들짐승 천국이라는
그 아픈 허리를 생각하면
내 병은 병도 아니네
끊어져도 아프다는 말 못 하겠네

아득한 서쪽

또 한 걸음 서쪽으로 간다

몇 송이 눈발 속에 지는 해가

저리 애달픈데

눈 덮인 서역 땅에 지는 해야

오죽하랴

오늘도 내가 아는 사람들

하나둘

서쪽으로 간다

공생의 마음, 승늉의 감각
―정낙추의 시

오홍진(문학평론가)

　정낙추 시인은 농부의 마음으로 시를 쓴다. 농부의 마음
으로 바라보는 세상에는 '공생共生'의 감각이 넘쳐난다. 생
명을 '따로' 있는 존재로 보지 않고, '같이' 있는 존재로 바라
보는 데서 공생의 시학은 비롯된다. 이를테면 「공생」이라는
작품에서 시인은 "큰 상처가 되지 않도록" 타자를 배려하는
농부의 삶-마음을 나뭇잎과 벌레의 관계에 빗대어 표현하
고 있다. 이 시에 나타나는 공생의 표면적인 주체는 잎을 조
금씩 갉아먹는 벌레이다. 벌레는 "한 잎에서 누리는 안락함
을 버리고/ 이 잎에서 저 잎으로" 계속해서 움직인다. 한 잎
에서 누릴 수 있는 안락함을 버리는 삶은 벌레의 자연自然이
다. 자연이 그렇게 만들었다는 말이다. "그늘진 잎을 위해"
라는 시구에 드러나듯 벌레는 그늘진 잎에 햇빛을 공급하기
위해 조금씩 잎을 갉아먹는다. 벌레가 한 잎에 머물러 있으

면 어떻게 될까? "바람이 불어도 나뭇잎은 그를 흔들지 않았다"라는 진술 속에 그 대답이 나와 있다. 바람에 흔들리는 나뭇잎은 벌레를 흔들지 않는다. 벌레의 자연을 알기 때문이다. 돌려 말하면 나뭇잎은 나뭇잎의 자연으로 벌레를 보호한다. 벌레를 보호해야 그늘진 잎에 햇빛이 도달할 수 있다. 나뭇잎의 "동그란 상처"는 그러므로 그늘의 여린 잎들을 살찌우는 자양분이라고 말할 수 있다. 상처가 자양분이 되는 이 놀라운(?) 진실을 시인은 나뭇잎과 벌레의 '공생'이라는 시적 정황을 통해 표현하고 있는 것이다.

그런데, 나뭇잎과 벌레가 형성하는 이러한 공생의 관계로부터 시인은 죽음이라는 또 다른 시적 화두를 이끌어낸다. 공생의 이면에는 죽음을 대하는 자연의 이치가 숨어 있다. 가을이 되어 벌레는 흙속으로 돌아간다. 그리고 "그를 위해/ 상처 난 나뭇잎이 불평 없이 떨어져 수북이 덮어줬다". 살아서 공생을 했으니 죽어서도 공생을 해야 한다는 자연의 이치로 하여 생명은 거듭해서 태어나고 죽고 또 태어난다. "그를 위해"라는 시구와 "불평 없이"라는 시구로 표현되는 바, 이들에게 공생은 삶과 죽음이 구분되지 않는 영원한 과정일 뿐이다. 나뭇잎은 벌레를 원하고, 벌레는 나뭇잎을 원한다. 거기에 생이 있고, 한편으로 거기에 죽음이 있다. 정낙추는 자연의 이러한 이치를 통해 농부의 마음을 체득한다. 농부의 마음은 자연과 함께 하는 '몸'의 마음이다. 나뭇잎과 벌레가 몸과 몸으로 만나 공생을 이루는 것처럼 농부는 자연−땅과 '몸'으로 만나 또 다른 공생을 이룬다.

푹푹 빠지는 무논에서 오늘도 오십 리는 족히 걸었다 다리는 천근만근 내 다리가 아니다 모두 떠나도 오기로 남아 내 살이고 뼈인 이 땅에 남아 해마다 모내기를 하겠다는 다짐도 이렇게 가는 줄 모르게 오월이 다 가도록 지친 몸뚱이 해 동무 삼아 들판에서 살다 보면 일 속에 파묻힌 내가 딱하다 온종일 귀머거리 이앙기의 똑같은 소리 반복되는 동작에 넌더리를 내다가도 줄 맞춰 내 뒤를 따라오는 파릇파릇한 어린 모를 보면 잠시 즐겁고 그때쯤 먼 산 뻐꾸기 뻐꾹 뻐꾹 두어 소절 울어주면 아무리 바빠도 논둑에 걸터앉아 막걸릿잔을 든다 혼자 권하고 혼자 드는 술잔 우스갯소리 잘하던 고랑말 성님도 듣기 좋은 욕 잘하던 모탱이말 아지매도 구만리 먼 길 떠나시고 논둑마다 삘기꽃 쇠어 하얗게 솜털 날려도 구름 그림자 슬쩍 지나간 웅덩이 올챙이 떼 꼬물거려도 쫓는 아이 하나 없는 이 적막한 들판 한두 해 겪은 슬픔이더냐 한두 해 하고 그만둘 일이더냐 불끈 일어서서 푹푹 빠지는 무논을 걸어가면 끝이 없는 길을 가노라면 어느새 서쪽 하늘에 뜬 개밥바라기가 인제 그만 돌아가 쉬라며 길 안내한다

—「모내기」전문

농부는 때가 되면 모내기를 한다. "우스갯소리 잘하던 고랑말 성님도 듣기 좋은 욕 잘하던 모탱이말 아지매도 구만리 먼 길 떠"났지만, 살아 있는 농부는 그래도 여전히 모내기를 해야 한다. 모내기는 농부가 땅과 한 약속을 이행하는

107

것이다. 모내기 시기가 된 땅의 기운을 농부가 어떻게 외면할 수 있겠는가. 그러니 때가 되면 농부는 모내기를 하고, 때가 되면 땅은 농부의 손길―몸을 받아들일 준비를 한다. 푹푹 빠지는 무논에서 다리는 천근만근이지만, "줄 맞춰 내 뒤를 따라오는 파릇파릇한 어린 모를" 보며 농부는 '즐거운' 마음으로 모내기를 한다. 하지만 "아이 하나 없는 이 적막한 들판 한두 해 겪은 슬픔이더냐"에 표현되는 대로, 이제 모내기는 농부들만이 해마다 반복해야 하는 '지친' 노동이 되어버렸다. 모내기를 같이 하던 옛 이웃들이 하나둘 사라지는 적막한 들판에서 시인은 왜 농부의 삶을 반복하고 있는 것일까? 어찌 보면 한없이 우문愚問인 이 질문에 대답할 수 있어야 우리는 정낙추 시의 진경에 다가갈 수 있다.

「주름살」이라는 시를 참조한다면, 시인에게 농부의 삶은 운명과도 같은 일이다. 그는 주름살을 "평생 당신이 경작한 밭"에 비유한다. 햇빛과 달빛을 받으며 경작한 밭은 세월이 흘러 높은 밭두둑이 되고, 깊은 밭고랑이 되어 농부의 주름살에 새겨졌다. 주름살이라는 게 시간의 흔적이 아니던가. 시인의 말마따나, 달빛이 넘실대는 밭고랑에서 흘린 눈물을 농부는 햇빛 가득한 밭두둑에서 조용히 거두어들였다. 눈물을 흘릴수록 눈물이 고인 밭고랑은 점점 깊어졌고, 그에 따라 밭두둑은 점점 높아지기만 했다. 얼굴에 깊이 팬 주름살의 이미지는 이렇게 밭고랑과 밭두둑의 이미지와 연결되어 한 사람의 인생을 가름하는 시적 표상으로 기록된다. 햇빛과 달빛이 만들어낸 농부의 주름진 얼굴을 통해 시인은 땅과 더불어 평생을 살아온 우리네 인생의 보편적 형상을 내보이고 있는 셈이다.

「동무」라는 시에서 농부의 주름진 얼굴은 "뒤뚱뒤뚱 폐계 두 마리"의 형상과 마주하고 있다. "매일 의무적으로 알 하나씩 낳다가 밑이 빠진/ 늙은 숫처녀"는 "어깻죽지와 다리가 똑같이 굳은" 경로당 노파들을 보고는 얼떨결에 알을 밑으로 쑥 빠트린다. 경로당 노파들이 산 삶의 내력을 시인은 상자에 갇혀 단 한 번도 일어나지 못한 채 알만 낳은 폐계에게서 보고 있다. '동무'라는 말이 암시하는바 그대로, 폐계와 노파의 삶은 시간의 어느 한 지점에서 교묘하게 겹친다. 노파들이라고 특별한 삶을 살았을 리 없고, 폐계라고 특별한 삶을 살았을 리 없다. 자신들에게 주어진 삶을 살아낸 결과가 어깻죽지와 다리가 똑같이 굳는 현상이라면, 그 둘의 삶은 시간 속에서는 '똑같은' 것이 되어버린다. 생명은 어차피 시간 속에서 태어나고, 시간 속에서 죽지 않는가. 우리네 얼굴을 주름지게 하는 햇빛과 달빛은 무엇보다 이러한 시간의 폭력(?)을 에둘러 드러낸다. '폭력'이라는 말을 썼지만, 우리는 그것을 농부의 얼굴에 생기는 주름만큼이나 아주 자연스런 현상으로 받아들여야 한다. 누가 늙고 싶어서 늙고, 병들고 싶어서 병이 들겠는가? 생명은 시간과 다르지 않은 말이므로 우리는 폐계처럼 늙고, 노파들처럼 끊임없이 아프면서 자신에게 주어진 삶을 살아갈 수밖에 없다.

봉숭아꽃 다 진다

109

닳고 닳은 손톱에라도 봉숭아 꽃물 들이겠다더니
은하수가 서쪽으로 기울도록
봉숭아꽃 심은 사람 돌아오지 않는다

죄가 있다면 땅 파먹는 죄밖에 더 있겠는가
가난이야 이 땅에 사는 농사꾼 내력
욕심 없이 살자 풀꽃으로 살자
천만 번 다짐했어도
쌓이는 빚더미에 허리 휘고
늘어나는 잔소리에 욕설이 보태지면
푸른 들판도 남편도 자식도 다 지겨웠을 게다

밤낮없이 대문 열어 놓았다
어서 오너라
고맙지 않으냐
어미가 집 나가도 흉 안 되는
이 빌어먹을 세상이

남의 속도 모르고 잘 자란 벼포기 앞에서
손끝이 다 타도록 담배를 태우다가
아이들 학교 보낸 텅 빈 집
마루에 걸터앉아 혼자 술잔을 기울이다가
울 밑에 선 봉숭아 떨어진 꽃잎을 주우며
끝내 울음을 터트리는

　　　　삽 한 자루

　　　　　　　　　　　　　　—「울 밑에 선 봉숭아」 전문

　아내가 집을 나갔다. 닳고 닳은 손톱이라도 봉숭아 꽃물 들이겠다며 뜰에 심어놓은 봉숭아꽃이 다 지는 데도 아내는 돌아올 줄을 모른다. 농사를 지어봤자 빚더미만 늘어나니 남편은 남편대로, 아내는 아내대로 삶이 참 지겨웠으리라. 그래 "쌓이는 빚더미에 허리 휘고/ 늘어나는 잔소리에 욕설이 보태지"자 그만 아내가 참지 못하고 집을 나가 버린 것이리라. 어찌하면 좋을까? 봉숭아꽃 지는 울 밑에서 남편은 하염없이 아내를 기다린다. 아무리 생각해도 "죄가 있다면 땅 파먹는 죄밖에"는 없다. 가난이야 이 땅에 사는 농사꾼들의 내력이 아니던가. 욕심 없이 살자고 수없이 뇌까려봐도 늘어나는 빚더미에 허리가 휘다보면 자연 짜증이 날 수밖에 없다. 그럼 욕 한 마디 내뱉을 수 있는 것 아닌가. 대문을 활짝 열어놓고 밤낮없이 남편은 아내를 기다리는데, 아내는 여전히 집에 들어오지 않는다. 아이들마저 학교에 가서 집은 텅 비어 있다. 남의 속도 모르고 잘 자란 벼포기를 앞에 두고 남편은 손끝이 다 타도록 담배만 태운다. 그러다가 마루에 걸터앉아 혼자서 술잔을 기울인다. 도대체 무엇이 문제일까? 누구보다 열심히 산 것 같은데 왜 나는 이 자리에 혼자 앉아 이렇게 담배나 태우고, 또 이렇게 술잔이나 기울이고 있는 것일까? 울 밑에서 봉숭아가 꽃잎을 떨어뜨린 채 처량하게 서 있다. 시인은 "끝내 울음을 터트리는/ 삽 한 자루"로 시의 끝을 맺고 있다. 삽 한 자루에 건 농부의 인생이 "이 빌어먹을 세상"에서 어떻게 전개되고 있는지를 위시는 분명히 보여주고 있다고 하겠다.

울 밑에 선 봉숭아의 시적 상황은 "농투성이와 함께 쫓겨난" 지게를 묘사한 「지게」라는 시에서도 다시금 변주되어 나타나고 있다. 농부들은 지게를 "평생 상전으로 받들었다". 산업화 이전의 농촌사회를 경험한 사람들의 향수를 자극하는 지게의 이미지는, "머슴살이 설움으로 엮어진 등태/ 짊어진 가난은 어디에도 부릴 곳이 없었다"라는 진술에 드러나듯, 가난한 시대를 상징하는 시적 표상으로 부각되고 있다. 빼앗긴 강토에서 벼 한 섬을 공출 당하고 시름가를 부르는 농부의 곁에는 항상 지게가 있었고, 나뭇짐을 태질하고 가쁜 숨을 내쉬며 막걸리 한 사발을 들이킬 때도 농부의 곁에는 어김없이 지게가 있었다. 그런데, 그런 지게가 지금은 "허름한 추녀 아래 떨고 있다". 울 밑에 선 봉숭아 곁에서 끝내 울음을 터트리는 삽 한 자루와, 허름한 추녀 아래 떨고 있는 지게의 이미지를 통해 시인은 이 시대 농부들의 애달픈 삶을 에둘러 표현하고 있는 것이다.

전쟁 통에 태어났다고 한다
전쟁 통에 사람이 많이 죽었으니
죽은 숫자만큼 사람을 많이 만들어야 했으리라
어느 가난한 농사꾼의 고단한 한 방울의 씨앗이
하염없이 아기집을 찾아들었을 때

그의 자서전 첫 문장은 시작되었다

힘들게 문을 왜 열고 나왔는지

이 비루하고 복잡한 세상을 접한 첫 느낌은 어땠는지

그는 아직도 모른다

살기 위해 먹는 것인지

먹기 위해 사는 것인지

왜 사는 것인지

생각할 틈도 없이 그는 지금도 전쟁 중이다

전쟁 통에 태어난 그의 피 속엔 싸움의 유전자가 흘러

악착같이 살아남은 종자가 되었다

일상은 반복한다

그러므로 기쁨도 슬픔도 분노도 표절이다

자서전의 페이지는 늘어나지만 내용은 진부하다

겉장이 낡은 자서전은 모두 비슷하여

쓰기만 할 뿐

아무도 읽지 않는다

─「자서전」 전문

　여기, 전쟁통에 태어난 한 사람이 있다. 어느 가난한 농
사꾼의 아들로 태어난 그는 전쟁을 겪듯 치열한 삶을 살았
고, "살기 위해 먹는 것인지/ 먹기 위해 사는 것인지/ 왜 사
는 것인지/ 생각할 틈도 없이 그는 지금도 전쟁 중이다". 전

쟁통에 태어나 악착같이 살아남았으니 그의 유전자에는 싸움의 유전자라도 흐르는 것일까? "싸움의 유전자"라는 시구가 농부의 아들로 태어나 그 아비처럼 농부로 살아가는 자의 힘겨운 삶을 예시한다. 애초부터 태어나고 싶어 태어난 세상이 아니다. 태어났으니 살아야 하는 것이고, 그렇게 살다 보니 지금 이곳에 이른 것뿐이다. "일상은 반복한다"라는 시구에 새겨진 시적 맥락은 바로 이 지점에 걸려 있거니와, 생生에 대한 이러한 인식은 어찌 보면 "자서전의 페이지는 늘어나지만 내용은 진부하다"는 시인의 언급처럼, 우리 시대 농부들의 서늘한 내면을 정확하게 드러내는 것인지도 모르겠다.

하지만, 농부들의 이러한 진부한 삶의 밑바탕에는, 「벼꽃」이라는 시에 표현되듯, 삶의 진부함만으로는 드러낼 수 없는 어떤 감각이 도사리고 있다. 일상의 반복은 분명 그들을 진부한 삶의 구렁으로 끌고 가지만, 한편으로 그러한 일상을 반복함으로써 농부들은 벼꽃에서 숭늉냄새를 맡는 새로운 감각을 터득한다. 농부의 삶이 시적으로 승화되는 지점은 무엇보다 "지은 죄 없으면서/ 잎 뒤에 숨어/ 눈곱처럼 초라하게 피어"나는 벼꽃을 발견하는 바로 그 마음에서 뻗어 나온다. 돌려 말하면 농부의 진부한 삶은 "천 년을 맡아도 물리지 않을 구수한 냄새"를 벼꽃에서 맡는 순간 결코 진부하지 않은 삶으로 거듭난다. 봉숭아 핀 울 밑에서 끝내 울음을 터트리는 삽 한 자루의 이면에는 이렇듯 벼꽃에서 숭늉 냄새를 맡는 또 다른 존재가 오롯이 새겨져 있다. 삽 한 자루가 농부의 삶을 대변하듯, 숭늉냄새의 감각 또한 마찬가지로 농부의 삶을 대변한다. 언뜻 보면 대조적인 이 두 삶을 하나로 연결 짓는 것은 공교롭게도 '세월'이라는 가장 흔하지만 보편적인 생의 방식, 곧 시간이다. 「이빨論」이라는 시에 표현되는 대로 "집착을 버린 이빨과 소유욕이 강한 이빨의 불화를/ 잠재운 것은 세월이다". 시간이 흐른다고 자연스레 불화가 잠재워지는 것은 아니니라. 시간 속에서 혹은 시간과 더불어 살아낸 그 숱한 불화의 경험들이 모여 벼꽃에서 숭늉냄새를 맡는 농부 특유의 생의 방식이 생성된다고 보는 게 정확한 인식일 것이다.

내일 저녁때 큰바람 불겠다
골머리 패는 걸 보니
어머니가 바람머리를 흔드신다
그때마다 머리에 부쩍 늘어난
흰 실밥이 나부낀다

사나흘 안으로 날 궂겠다
삭신이 쑤시는 걸 보니
어머니는 삭정이 같은 팔을 뚝뚝 꺾으신다
젊어 사정없이 부려먹고 남은
깡마른 육신으로 전해오는 정확한
저, 예감

인간사 무심하면서

하늘과 은밀히 내통하는

어머니가 무섭다

—「일기예보」 전문

　농부의 어미이니 당연히 그녀는 농부처럼 험난한 삶을 살았을 것이다. 그러나 젊어서 사정없이 부려먹고 남은 그 깡마른 육신으로 그녀는 날씨를 정확히 예측하는 능력(?)을 펼쳐 보인다. 어미의 골머리가 패면 내일 저녁때는 어김없이 큰바람이 불고, 어미의 삭신이 쑤시면 사나흘 안으로 어김없이 날이 궂는다. 물론 여기에는 「늙는 기쁨」이라는 시에 언급된 대로 "종점이 어디인지 아는 연륜의 특권"이 담겨 있다. 늙으면 시력이 약해지고 가는귀가 먹는다. 몸이 쇠약해진다는 말이다. 하지만 그 대가로 늙은 사람은 먼 곳의 소리를 듣게 됐고, 세상을 넓게 보는 눈을 얻게 되었다. "연륜의 특권"은 바로 이 지점에서 뻗어 나오는데, "사소함을 버리니/ 말이 아껴진다"(「늙는 기쁨」)는 시적 진술은 이런 점에서, 먼 곳의 소리를 듣고 세상을 넓게 보는 눈을 갖게 된 사람들이 내보이는 침묵의 미학과 긴밀하게 이어져 있다고 하겠다.

　「늙는 기쁨」에 표현된 "연륜의 특권"에 걸맞게, 「일기예보」에 등장하는 농부의 어미 또한 온몸으로 생을 영위한 자 특유의 감각을 내보이고 있다. 시인은 인간사에 무심하면서도 "하늘과 은밀히 내통하는/ 어머니가 무섭다"라고 말하고 있지만, 그 이면에는 땅 속에서 땅과 더불어 서서히 늙은 어미를 향한 동조의 심리가 은밀하게 게재해 있다. 어머니는 하늘과 '은밀히' 내통한다. 하늘은 죽음의 세계와 연결되어 있으니 그것은 얼마나 '무서운' 일인가? 그런데, 정작어머니는 그 일에 연연하지 않는다. 몸살은 어머니의 자연이기 때문이다. 내일 저녁때 큰바람이 불기 '때문에' 어머니가 몸살 난 것은 아니다. 달리 말하면 어머니의 몸살로 하여 사나흘 안에 날이 궂는 것도 아니다. 인과관계로는 성립될 수 없는 사건들을 하나로 묶음으로써 시인은 자연-땅과 인간의 삶을 감각의 그물망으로 엮으려고 한다. 「일기예보」나 「늙는 기쁨」은 무엇보다 인간의 몸-감각이 '늙을수록' 자연-땅의 감각에 가까워지고 있음을 여실히 보여준다. 세월은 이렇게 농부에게서 건강한 몸을 앗아갔지만, 동시에 건강한 몸으로는 느낄 수 없는 또 다른 생의 감각을 가져다주었다. 그리하여 우리는 비로소 농부가 벼꽃에서 숭늉냄새를 맡는 비밀에 한 발짝 더 다가설 수 있게 된다. 그를 늙게 만든 세월-시간이 숭늉냄새라는 감각의 중심에 오롯하게 자리하고 있는 것이다.

또 한 걸음 서쪽으로 간다

몇 송이 눈발 속에 지는 해가

저리 애달픈데

눈 덮인 서역 땅에 지는 해야

오죽하랴

오늘도 내가 아는 사람들

하나둘

서쪽으로 간다

—「아득한 서쪽」 전문

아득한 서쪽은 죽음의 영역이다. '아득한'이라는 시어가 암시하는 대로 '아득한 서쪽'은 생의 영역에서 바라본 죽음의 영역이라는 의미를 내포하고 있다. 누군들 죽음의 영역에서 생의 영역을 바라볼 수 있겠는가. 이런 점에서 오늘도 내가 아는 사람들이 하나둘 서쪽으로 간다는 시인의 언급은 사실 생의 영역에 발 딛고 사는 자들의 자연=운명을 표현한 것이라고 말할 수 있다. 세월의 흐름으로 보자면, 우리는 '오늘도' 아득한 서쪽으로 한 발짝 더 다가가고 있는 것이 된다. 하지만 세월이 그렇게 '아득히' 흘러간다고 해서 시인 또한 '아득히' 흘러갈 이유는 없다. 시인은 시를 쓰고, 그 시는 아득한 서쪽을 넘어서는 감각의 언어와 맞물려 있기 때문이다.

「시를 놓친 여자」에서 시인은 "시를 잡으러" 해지는 서해에 온 한 여인의 행동에 시안詩眼을 집중한다. 그녀는 서해에 오면 시가 흔할 것 같다고 생각한다. 항구가 내려다보이는 모텔에 짐을 푼 그녀는 커다란 창문으로 "하늘과 바다를 붉게 칠갑한 노을"이 장엄하게 번지는 장면을 목격한다. 아름답다. "그녀는 탄성을 지르며 시가 익기를 기다렸다". 그런데, 밤이 되자 사람들이 분주하게 오가기 시작한다. 고기잡이를 준비하는 어민들이다. 아름다운 항구의 밤 풍경을 '망친' 그 사람들이 사라지길 기다리다가 그녀는 그만 잠이 든다. 그녀는 과연 자신이 원하던 시를 찾은 것일까? "그녀가 잠든 사이/ 밤을 새워/ 그물을 추리는 아낙들이 대신 시를 썼다"라고 시인은 이 시의 말미에 적고 있다. 시를 잡으러 온 여인이 시인이라는 말에 현혹되어 정작 시를 놓쳐버렸다면, 묵묵하게 그물을 추리던 아낙들은 생각지도 못한 시를 삶터인 바다에서 건져 올렸다. 생의 자연스런 흐름을 표현하는 게 곧 시라는 것일까? 생의 자연스런 흐름이 시라면 아득한 서쪽을 향해 길을 나선 그네들의 삶 또한 시와 다르지 않다고 말해야 할 것이다.

정낙추는 "건강을 파는 음흉한 건물"(「건강을 팝니다」)들이 늘어선 세계에서, 여린 생명들을 해치는 고문기술자(「분재광盆栽狂」)들과는 다른 삶을 추구하고 있다. 자본의 이익을 위해서라면 무엇이든 하는 사람들이 지배하는 세계에서 시는 과연 어떤 의미를 지닐 수 있을까? 「허리 병」이라는 시에 표현된바 그대로, 고문기술자들은 "반세기 넘도록 쇠말뚝에 철조망에 신음하는/ 조국의 허리"로부터 저들만의 반사이익을 집요하게 뽑아내고 있다. "멀쩡한 사지四肢를/ 비틀어서 옭아매놓고/ 비명 속에 피어나는/ 생명을 사랑한다는"(『분재광』) 이 고문기술자들의 반대편에서 시인은 농부의 마음으로 여린 생명들을 진정으로 사랑하는 길을 모색한다. 내 허리가 아프면, 이 땅의 끊어진 허리 또한 아플 거라고 생각하는 게 농부(의 마음)이다. 시인의 이 마음을, 단지 시를 쓰는 자의 관념일 뿐이라고 말하지 않았으면 좋겠다. 농부의 마음을 지닌 자에게 이 땅의 끊어진 허리는 제 몸의 '현실'이기 때문이다. 항구의 화려한 밤 풍경에 취한 시인이 잠든 바로 그 시간에 농부-시인은 비로소 마음의 눈을 뜨기 시작한다. 그런 마음의 눈으로 보니 그의 시는 이미 '익어 있다'고 볼 수 있다. 정낙추는 농부의 삶이 곧 시이고, 농부의 마음이 곧 시인 세계를 꿈꾸고 있다. 그 꿈은 과연 실현될 수 있을까? 밤을 새워 그물을 추리는 아낙들의 삶으로부터 시인은 자신이 걸어가야 할 시의 길을 끌어내고 있다. "너는 진짜 농사꾼이냐"(『시간이 나를』)라는 물음에 서슴없이 '예'라고 답변할 수 있는 생의 근거를 시인은 바로 진정한 농부라면 지녀야 할 이 시심詩心에서 찾고 있는 것이다.